El Tigre

acopio de todas sus fuerzas, Iván llevó la mano izquierda a su pierna y, levantándose el pantalón, agarró su puñal, cuya funda llevaba atada al tobillo. Con un gesto inesperado, plantó la hoja en el vientre del Tigre y lo abrió cuanto pudo. Destripado, el animal se separó bruscamente del cazador aullando mientras se desangraba. Intentó arrastrarse unos metros, para después vacilar y venirse abajo.

El cazador, gimiendo, medio inconsciente, se levantó y se acercó con gran dificultad al animal. El Tigre, enorme, yacía sobre la hierba fresca que manchaba su sangre. A su lado, Iván, herido de muerte, se derrumbó a su vez. Tumbados el uno junto al otro, se miraron a los ojos durante toda la noche. Después, al alba, murieron.

David de las Heras

(Bilbao, 1984) es un reconocido artista plástico e ilustrador. Su estilo es reconocible por ser una mezcla entre la tradición pictórica clásica y un estilo gráfico contemporáneo. Su obra ha aparecido en diferentes publicaciones y soportes. Se lo conoce especialmente por su trabajo para cubiertas de libros, como las del escritor japonés Haruki Murakami (Tusquets), pero también ha ilustrado grandes clásicos literarios como *Campos de Castilla* de Antonio Machado (Lunwerg), *El corazón de las tinieblas* de Joseph Conrad (Alma) y *El planeta de los simios* de Pierre Boulle en una preciosa edición inglesa para la prestigiosa Folio Society. Su trabajo también se puede encontrar en diferentes medios de comunicación tanto nacionales como internacionales, como *El País*, *La Vanguardia*, *El Español*, *The New Yorker*, *Financial Times*, *The Economist* o el periódico alemán *Die Zeit*, donde trabajó semanalmente durante el 2020. Además, ha realizado diferentes campañas que para diversas instituciones, como la Ópera de Cincinnati, la imagen oficial de Sant Jordi 2021 para el Ajuntament de Barcelona, o la imagen del centenario de Emilia Pardo Bazán en la ciudad de Madrid. Hoy en día vive y trabaja en Barcelona.

Este libro
se terminó de imprimir en
Barcelona, España,
en el mes de abril de 2024

Joël Dicker

El Tigre

Traducción del francés de
Juan Carlos Durán Romero

Ilustrado por
David de las Heras

Papel certificado por el Forest Stewardship Council®

Título original: *Le Tigre*
Primera edición con esta encuadernación: abril de 2024

© 2017, Éditions de Fallois
© 2017, 2024, Penguin Random House Grupo Editorial /
Nora Grosse, por el diseño
© 2017, Juan Carlos Durán Romero, por la traducción
© 2017, David de las Heras, por las ilustraciones

Printed in Spain – Impreso en España

ISBN: 978-84-204-7904-0
Depósito legal: B-1822-2024

Impreso en Índice, S. L., Barcelona

A L 7 9 0 4 0

La noticia había corrido por San Petersburgo, la capital, como un reguero de pólvora. En ese canicular agosto de 1903, no se hablaba de otra cosa, desde los aterciopelados salones de los aristócratas hasta los hogares más humildes, que tiritaban deliciosamente de terror al amparo de la ciudad. Los niños jugaban a recrear el suceso y se divertían sorprendiendo a los que paseaban a orillas del Neva. Hasta el Zar parecía preocupado: en la otra punta del país, en la intrigante Siberia, glacial en invierno y abrasadora en verano, una aldea entera había sido masacrada. El «caso» había salido a la luz gracias a dos monjes que, de viaje por el país, habían querido detenerse en Tibié, el pueblo en cuestión, en el que habitaban solo mujiks. Ni rastro por allí, en la dura taiga, de grandes mansiones señoriales rodeadas de jardines elegantemente cuidados, sino hogares de madera y adobe, que dejaban filtrar el frío del invierno y los ardores del verano. Tibié era uno de esos pueblos construidos en medio de inmensas extensiones de tierra a duras penas cultivable, y cuyas casas, separadas unas de otras por cercados endebles destinados a guardar un puñado de vacas esqueléticas y viejos caballos de tiro, se apilaban en torno a una plaza central.

A lomos de sus mulas, los dos monjes habían llegado a Tibié una calurosa mañana de finales de julio, con la garganta seca y las provisiones para el camino agotadas. Contaban con la generosidad de los aldeanos, pobres pero piadosos, por lo que les sorprendió no encontrar a nadie en el campo, labrando la tierra o pastoreando algún rebaño hacia praderas con hierba más tierna que los tallos amarillentos que rodeaban el pueblo.

Al principio les inquietó aquella calma insólita, después pensaron que seguramente el calor había obligado a todas aquellas almas a encerrarse tras la ilusoria protección de casas y establos. Hasta que se toparon con un caballo degollado. Después otro, y, además, todo un rebaño de ovejas bañado en un lago de sangre, antes de descubrir, con horror, el cuerpo de un campesino horriblemente mutilado. En ese momento hubiesen podido dar media vuelta y no continuar la ruta hasta el pueblo. Sin embargo, decidieron proseguir su camino empujados no por la curiosidad, sino por su religiosidad: estaba claro que lo que había pasado era grave y que era su deber acudir en ayuda de quien la necesitara. Espolearon a sus monturas y pronto llegaron a Tibié, aterrorizados por lo que iban descubriendo: había cadáveres por doquier. Niños, mujeres, hombres fuertes y ancianos, ganado, perros y gallinas. Todos presentaban las mismas señales de mutilación: parecían haber sido degollados y desgarrados violentamente. En algunos casos, los cuerpos estaban tan desfigurados que ni siquiera un pariente hubiese podido reconocer a uno de los suyos, con los ojos reventados, un agujero en lugar de la nariz, o las entrañas al aire.

Las puertas y ventanas de las casas habían sido derribadas, a veces incluso un trozo de muro o de tejado había sido arrancado y echado abajo. Encontraron armas esparcidas por el suelo, así como una antorcha todavía encendida, que amenazaba con incendiar un montón de heno, y que uno de los monjes extinguió vertiendo un cubo de agua encima. Los cadáveres no presentaban signo alguno de descomposición así que ambos llegaron a la conclusión de que el ataque debía de haber tenido lugar poco tiempo antes. Primero pensaron que una banda de asaltantes se había vuelto loca, y que, sedientos de sangre, la habían tomado con un pobre pueblo en el que no había absolutamente nada que robar salvo cucharas de madera. De pronto, se estremecieron de miedo: ese tipo de delincuentes no tenían ni fe ni honor, y no dudarían en matarlos sin tener miramientos por su santa misión. Montaron a toda prisa y, picando con las espuelas los flancos de sus monturas, se fueron por el mismo camino por el que habían llegado, hasta que de pronto las mulas se encabritaron ruidosamente, aterradas. Fue entonces cuando los monjes se dieron de bruces con el responsable de la masacre, todavía con el pelaje empapado de sangre fresca: un enorme tigre.

◆

En Moscú y San Petersburgo, las noticias no aclaraban por qué la bestia había perdonado la vida a los dos religiosos. Pero toda Rusia contuvo el aliento ante la llegada de tan terrible noticia: ¿qué tigre era aquel que acababa de asolar un pueblo entero? El felino, de naturaleza solitaria, muy rara vez atacaba a los hombres. ¿Qué clase de fiera podía echar abajo casas y degollar a cabras, ancianos y hombres?

El relato de los religiosos, la visión de un monstruo sanguinario al que nadie era capaz de detener, concordaba con los sueños y leyendas más aterradores, y lo que podía no haber sido más que un simple suceso en aquel inicio de siglo tomó un cariz completamente distinto porque el Tigre no se detuvo allí. Un mes después de Tibié, y no lejos de las ruinas del pueblo, el Tigre atacó a un grupo de vendedores ambulantes. Solo uno se salvó y pudo dar cuenta de lo sucedido. En aquella misma época, algunos cazadores solitarios desaparecieron sin dejar rastro. De igual manera, un emisario del Zar, enviado a Siberia para investigar sobre ese tigre que aterrorizaba la región, fue descubierto degollado junto a toda su escolta. El depredador había vuelto a atacar.

Para cuando se instaló lo más crudo del invierno en todo el país, el Tigre ya se había cobrado varias decenas de víctimas. Y lo que en julio no era más que una escalofriante anécdota, ahora había adoptado otras proporciones. En San Petersburgo, donde meses antes unos y otros jugaban a asustarse con relatos sobre la bestia que rondaba la otra punta del país, se temía a estas alturas que la fiera llegara rápidamente a las puertas de la ciudad. Y ninguna barrera social protegería del animal. Aquellos que tenían medios compraban fusiles o permanecían encerrados en sus hogares tanto como les era posible. Por doquier se decía que el Tigre podía aparecer en un mercado, en el patio de una casa aislada o hasta en el Palacio de Invierno, por muy protegido que estuviera. El rumor popular crecía día tras día: ya no había un solo tigre, sino una manada entera, que asolaba el país a su paso. Y los periódicos, que anunciaban diariamente muertes sospechosas, no hacían sino contribuir a la paranoia general. El único hecho comprobado que tranquilizaba a los habitantes de la capital era que el Tigre se confinaba por el momento en la lejana Siberia. Pero ¿hasta cuándo?

Todos los días, el Zar reunía a sus consejeros para hacer balance de la situación. Aunque la historia del tigre no le asustaba personalmente y pensaba que era indigno de su condición ceder al pánico del pueblo, debía, como Jefe Supremo del país, tomar cartas en el asunto. En efecto, ese Tigre trastocaba por completo su nueva política económica para Siberia. Considerada durante demasiado tiempo una árida planicie, quería explotar al máximo los recursos que pudiesen aportar esas tierras. Los americanos no dejaban de encontrar extraordinarias riquezas mineras y petrolíferas en aquella Alaska que los rusos les habían cedido tontamente por un puñado de dólares, pensando que carecía de valor alguno. El Emperador esperaba poder enmendar aquel error cambiando el estatuto de Siberia y lograr así devolver al país el poder que estaba perdiendo poco a poco. Sin embargo, ese Tigre empezaba a provocar un éxodo de la población rural y los inversores dudaban cada vez más en apostar por Siberia, que todos consideraban inestable. Era necesario encontrar una solución.

Fue así como un mes antes de la celebración de la Navidad ortodoxa, el Zar hizo colocar carteles, primero por toda la ciudad, y después por todo el país. Aquel que trajese al Palacio Real los despojos de aquel Tigre devorador de hombres que atemorizaba Siberia recibiría —una vez confirmado, claro está, que se trataba de la fiera en cuestión— el peso del animal en monedas de oro.

Por todo el país, hombres, solos o en bandas organizadas, se pusieron en marcha y convergieron hacia Siberia para encontrar y matar al Tigre que los haría ricos.

Iván Levovitch formaba parte de ese grupo. Era un joven petersburgués de unos veinte años, de barba rubia e hirsuta, brazos de acero y espalda tallada en roca. Procedía de una modesta familia de la capital y trabajaba en el taller de carpintería de su padre. El decreto real le ofrecía la inesperada ocasión de hacerse rico y famoso, y de poder atravesar el profundo foso que le separaba del lujo de la alta sociedad rusa. Con sus ahorros, compró un fusil, robusto y preciso, y después, tras despedirse sobriamente de los suyos, se embarcó, en medio del invierno ruso, en un tren que lo llevaría hacia el Este.

———————◆———————

La nieve y el frío retrasaron bastante el convoy, e Iván no pudo comenzar su búsqueda hasta casi un mes después de su partida. Se había apeado en una deteriorada estación cerca del tristemente célebre pueblo de Tibié, al que llegó tras otros dos días de viaje, a lomos de un poderoso caballo por el que había pagado todo lo

que le quedaba de sus ahorros. Mientras el tren avanzaba hacia Siberia, le había invadido una angustia repentina: no sabía cómo hacer para encontrar a ese Tigre. Además, aunque consiguiese matar a un felino, ¿qué garantía tendría de haber acabado con la famosa fiera que le daría gloria y fortuna? Necesitaría un mes para volver a San Petersburgo y entregar sus restos en palacio, y probablemente el mismo tiempo para obtener la confirmación de que se trataba del Tigre en cuestión. Dicho de otro modo: si se equivocaba de presa, nunca tendría tiempo de realizar una nueva expedición. Ni dinero, de hecho. No tenía margen de error, y esa toma de conciencia le hizo arrepentirse de no haberse unido a un grupo de cazadores, en lugar de marcharse solo. Su codicia había decidido por él: no deseaba tener que compartir la recompensa. Pero por culpa de ese celo, era muy posible que no viese el brillo de una sola moneda, aunque fuese de bronce.

Para darse un máximo de posibilidades, Iván decidió buscar al Tigre como se busca a un criminal. Visitaría en orden los lugares donde había atacado la fiera y recogería el mayor número de pistas posible para identificar con certeza al animal asesino. Así fue como, a lomos de su robusto caballo, llegó a Tibié, que ahora era un pueblo fantasma. Nada más divisar las primeras casas, el miedo comenzó a formar un nudo en su estómago. Agarró su fusil con firmeza y, por precaución, cargó una bala en la recámara. No había un alma en el pueblo. La nieve había cubierto todo rastro de lucha y de muerte, y solo los muros reventados de las casas delataban la masacre que había tenido lugar allí. Iván, contrariado al no disponer de ninguna pista que seguir, continuó atravesando el pueblo. Cuando se disponía a abandonarlo, se detuvo en seco al descubrir con estupor un vasto campo nevado en el que se alzaban un centenar de cruces de madera.

—Los enterraron ahí —dijo una voz detrás de Iván, que se sobresaltó y se giró apuntando el fusil hacia su interlocutor.

El que acababa de hablar era un vagabundo. Había salido de una casa cercana en la que había establecido su residencia de invierno.

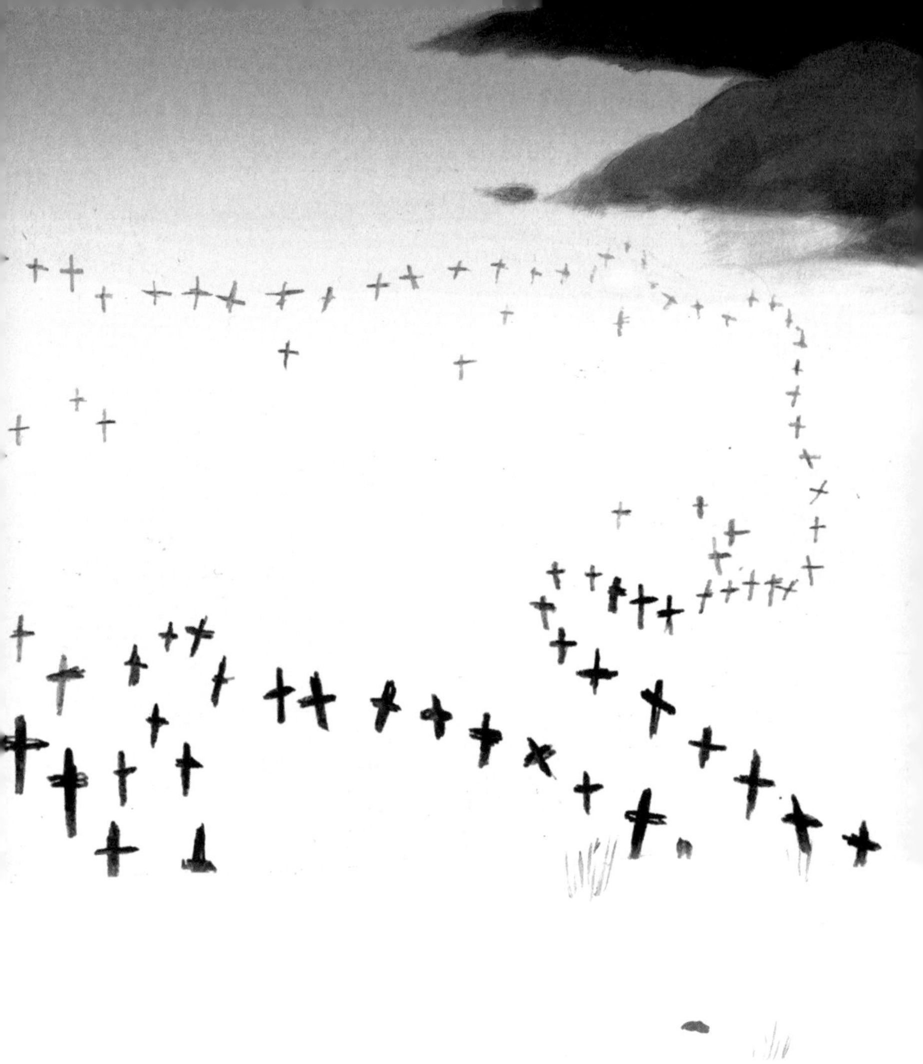

—¿Quién eres? —preguntó el jinete con voz irritada para ocultar el hecho de que se había estremecido de miedo.

—¿Estás buscando al Tigre? —se limitó a responder el vagabundo—. ¿Como todos esos hombres que pasan por aquí cada día?

Iván no dijo nada. ¿Tanta competencia había? Y ese hombre ¿podría ayudarle o, por el contrario, lo habría contratado algún cazador sin escrúpulos para darle pistas falsas al resto? Como si el vagabundo hubiese leído sus pensamientos, declaró:

—No tengo intención alguna de hacerte mal... Si estás buscando al Tigre, sigue tu camino en dirección al Este, hasta el pueblo de Skolkele.

Y el hombre se fue por donde había venido. Iván espoleó sin miramientos su montura y siguió las indicaciones que acababa de recibir. Ignoraba qué distancia le separaba de Skolkele, y no sabía adónde le conduciría aquello. Pero no podía hacer otra cosa.

Iván necesitó casi media jornada a caballo para llegar a Skolkele. Durante mucho tiempo creyó que el vagabundo se había burlado de él y lamentó haberse dejado engañar tan fácilmente. Después vio las volutas de humo gris que escapaban de las primeras casas de un pueblo: Skolkele. Erigido en medio de la llanura nevada, el lugar era poco más grande que Tibié. Allí vivirían unas trescientas personas como mucho. Era la hora de la cena cuando entró en el pueblo. El olor a tocino y a sopa de verduras le recordó que no se había llevado nada a la boca desde el día anterior. Su caballo tampoco, y sentía que el animal necesitaba descansar. Iván había llegado a Skolkele, pero no tenía idea alguna sobre cómo le podía ayudar aquello a avanzar en su búsqueda. No tuvo que esperar mucho tiempo para descubrirlo: se detuvo al azar delante de una casa de campesinos, golpeó la puerta con el puño y ensayó en voz baja un discurso lacrimógeno para dar lástima a sus ocu-

pantes. No tenía un kopek, ni nada que pudiese permitirle pagar el hospedaje.

Le abrió un hombre tosco y a todas luces un tanto borracho: en cuanto informó que estaba buscando al Tigre, el hombre sonrió y le hizo pasar a su casa como si fuese un miembro más de la familia. En ese instante Iván Levovitch comprendió hasta qué punto la región estaba aterrada por la fiera. El campesino, que se presentó con el nombre de Dimitri, le invitó a entrar en una modesta cocina en la que su familia cenaba una sopa aguada. Hizo sentar a su invitado junto a su hijo en un banco de pino toscamente tallado y vociferó con voz ronca a su mujer y a su hija que sirviesen a Iván. Ordenó además que añadiesen un trozo de tocino a la sopa de este en señal de respeto, y después le interrogó sobre el Tigre.

—¿Qué sabes sobre esa fiera? —preguntó el campesino.

—A decir verdad, no gran cosa. Ha sido un vagabundo el que me ha enviado hasta aquí...

—El Tigre atacó un convoy de mercaderes a la salida del pueblo. Los masacró.

—¿Cuándo fue eso?

—A finales de agosto…

Iván no ocultó su decepción: finales de agosto significaba varios meses de retraso. A esa velocidad, nunca encontraría las huellas del Tigre. Dimitri comprendió entonces que su interlocutor no era un cazador experimentado sino uno de esos soñadores de Moscú o San Petersburgo que se creían capaces de domar a la terrible Siberia y ganar la recompensa prometida por el Zar. Pero no se lo tuvo en cuenta.

—¿Cómo puedo encontrarlo? —preguntó directamente Iván.

—Sigue su pista… él vendrá a ti.

—Pero ¿cómo lo reconoceré?

—¡Es enorme! Sus dientes son como sables y sus ojos como cañones. Tiene la potencia de un caballo y la agilidad de un águila. Nos lo ha enviado el diablo… ¡por nuestros pecados!

Los dos niños miraron a su padre con aire asustado. Iván se preguntó si el campesino de veras había visto al animal o si simplemente buscaba justificar su miserable situación aspirando a un castigo colectivo para los malos creyentes.

Tras la cena, Dimitri instaló lo más cómodamente posible a su huésped en el establo, e Iván se hundió bajo el heno y cayó en un profundo sueño, teñido por las innumerables preguntas que salpicaban ya su aventura. Por la mañana temprano, hizo que le llevaran hasta el lugar de la masacre de los mercaderes. Como esperaba, no encontró más que nieve. Ni una señal, ni un solo indicio que pudiese ayudarle. Dudó entonces un instante en pedir que exhumaran los cuerpos de los desgraciados. Pero aparte de hacerle pasar por un hereje y un violador del sagrado descanso de los muertos, aquello no le llevaría hasta la fiera. Decidió entonces reanudar su viaje y seguir el rastro, por viejo que fuera, del Tigre. Su caballo, saciado y descansado, había recuperado todo su vigor, e Iván se marchó a galope a través de la taiga. Después de los vendedores ambulantes, la fiera había atacado a unos cazadores de ciervos instalados en refugios del bosque cercanos a otro pueblo. Hacia allí se dirigió el joven.

Iván Levovitch atravesó Siberia durante cuatro semanas, trazando minuciosamente la progresión criminal del Tigre. Por el camino se cruzó con decenas de cazadores, en muchos casos mejor equipados y entrenados que él. A pesar del número impresionante de hombres venidos a cazar a la bestia —y que permanecían aglutinados los unos junto a los otros en el perímetro de acción del felino—, Iván encontraba siempre una casa donde pasar la noche. En todas las ocasiones le recibían calurosamente y nunca le faltaba de nada, lo que le permitía recuperar fuerzas para seguir atravesando la planicie con la misma determinación. A pesar de ello, su búsqueda no avanzaba. El estudio sistemático de los lugares donde se habían producido ataques no le ayudaba en nada, y entre los centenares de testimonios recogidos, le costaba separar la verdad de las numerosas fabulaciones. Llegaba la primavera a Siberia y seguía con las manos vacías. A decir verdad, el Tigre no había

dado de qué hablar desde hacía más de tres meses. En San Petersburgo la tensión se había evaporado, se habían vuelto a guardar los fusiles y el Zar, aunque mantenía la recompensa, ya no convocaba una reunión diaria sobre el tema. El recuerdo de «la Bestia de Siberia» se iba borrando poco a poco para dejar paso a los dramas políticos que despuntaban en el horizonte.

Las noticias circulaban con dificultad, sobre todo en las provincias remotas, e Iván estaba desconcertado. Su única convicción era que el Tigre no había dado señales desde el principio del invierno pero, como no conocía lo que pasaba en la capital, se preguntaba si no habría sido ya cazado y entregado en el Palacio Real. Se imaginaba entonces los rasgos del asqueroso borracho que, por un golpe de suerte, podría estar en ese instante bañándose en oro.

Abatido por la incertidumbre, descorazonado, desesperado, Iván decidió volver a casa a finales de marzo. Confiaba en poder sacar por su caballo lo suficiente para pagarse el billete de tren y, por el camino que le llevaba hacia la estación de Kadachka, donde se había apeado dos meses antes, le venían una y otra vez a la cabeza los decepcionados rostros de sus allegados al verle regresar con las manos vacías. Iba a faltar a todas sus promesas.

Cuando se dirigía a la plaza del mercado con la esperanza de encontrar algún comprador para su montura, oyó gritos y gemidos que hicieron encabritarse al caballo. Se estaba formando un remolino de gente alrededor de un carro que transportaba el cuerpo mutilado y destrozado de un hombre que milagrosamente seguía con vida. De las puertas de las casas salía gente armada. El Tigre había atacado de nuevo.

◆

Los habitantes de Kadachka, decididos a enfrentarse de una vez por todas a la bestia que aterrorizaba sus vidas desde hacía meses, se lanzaron a una batida salvaje y desorganizada. La víctima era un campesino que volvía de una aldea vecina a lomos de una mula. Al parecer, el

Tigre había surgido de la nada y había atacado simultáneamente al hombre y a su montura. Solo la intervención de otro viajero, que seguía de cerca al campesino e iba armado, puso en fuga al Tigre, que prefirió no enfrentarse a las balas aunque vinieran de un adversario con una puntería tan dudosa que había fallado al disparar a un animal de ese tamaño a media distancia. Aterrado por la posibilidad de que la fiera volviese, el viajero había izado sobre su caballo al pobre hombre herido de gravedad y había galopado hasta Kadachka.

Mientras un sacerdote se ocupaba frenéticamente del cuerpo desarticulado y ensangrentado, un gentío inmenso se dirigía hacia el lugar del ataque. Todos habían echado mano a toda prisa de la mejor arma que tenían y caminaban a buen paso, armándose de coraje a gritos. La procesión no tenía ni cabecilla ni estrategia, y aparte de ruido, aquella turba no hacía otra cosa en aquel momento. Solo se sentían con fuerzas apelotonados unos contra otros, sin más posibilidad que un ataque unilateral. Sin embargo, sabían que debían separarse y formar con sus cuerpos una red humana que se cerrara sobre el Tigre. Pero no se atrevían.

Iván había dejado su caballo en el pueblo y se había unido al gentío para intentar recoger el máximo de información posible. Todos los rumores que circulaban coincidían en decir que el Tigre era enorme, y que sus ojos, de fuego, no se separaban de su presa hasta haberla degollado. Solo mataba por el placer de arrancar vidas y no tenía piedad con el que caía entre sus garras. Dejando atrás a un grupo de charlatanes que balbuceaban estrafalarias lecciones de anatomía y hablaban de un animal con varias cabezas y poderes misteriosos, se dirigió hasta un anciano a quien había creído ver llevando a la víctima al pueblo. Tenía pinta de saber más que los otros.

—¿Ha sido el Tigre el que ha hecho esto? —preguntó Iván con tono de impostada inocencia.

—Solo puede haber sido él —respondió el viejo.

—¿Y cómo?

—Su método es siempre el mismo. Ataca a la gente indefensa y a los grupos desarmados.

Acecha, escondido entre las hierbas, y surge de ninguna parte... Y sabe que las víctimas no podrán hacer nada contra él.

El hombre había hablado con tono seco y aterrador. Sus palabras resonaban todavía en la cabeza de Iván cuando la multitud se detuvo, entre susurros de pavor: en el borde del camino yacía el cadáver de la mula sobre un charco de sangre. El joven cazador se abrió paso hasta el cuerpo y no pudo evitar un gesto de asco al verlo. Aquello no era obra ni de un perro salvaje, ni de un lobo o cualquier otra fiera. La cabeza del animal estaba prácticamente separada del tronco, decapitada de un zarpazo de violencia inusitada. De su cuerpo inerte ya no brotaba sangre, pues no tenía. Todo el líquido se había desparramado por el camino y sobre la hierba recién despejada de nieve, levantando un olor que daba náuseas. Dimitri tenía razón: era la obra de un monstruo enviado a Siberia para castigar a los hombres.

Iván ya había visto bastante: no tenía tiempo que perder con aquellos campesinos supersticiosos cuyo alboroto daba una oportunidad al

Tigre de volver a perderse en la estepa. Corrió a grandes zancadas hasta el pueblo y volvió a montar sobre su caballo. Lo puso al galope sin miramientos y se dirigió en dirección opuesta a la tropa de campesinos. El animal no estaba lejos, era una oportunidad única para encontrarlo. Llevaba mucho tiempo dando vueltas sin sentido, buscando pistas y huellas demasiado vagas e imprecisas, y por fin estaba cerca del Tigre. Podía tocar la riqueza con los dedos. Quizás no hubiese hecho todo aquel camino en vano. Entonces volvió a pensar en la mula decapitada y aquella imagen le produjo un nudo en el estómago, aterrado por lo que podría pasarle si no prestaba atención a lo que le rodeaba. Mientras sostenía las riendas de su caballo al galope, agarró su fusil para darse seguridad. El anciano le había dicho que el Tigre solo atacaba a los débiles: así pues, Iván consideraba su arma, colocada a la vista sobre la silla, un seguro de vida.

El joven continuó sin descanso su carrera a través de la llanura: intentaba ahora pensar como el Tigre para seguir mejor su pista. Si era

verdad que no se enfrentaba a los hombres armados, el animal huiría lo más lejos posible de aquel grupo de aldeanos exaltados. Y así lo hizo Iván.

Remontó un arroyo hasta que se convirtió en río y atravesó un bosque de pinos gigantes, huyendo del peligro de los aldeanos encolerizados, como lo haría el Tigre, y continuó cabalgando a través de una extensa llanura sembrada de bosquecillos de color primaveral hasta que, en un momento en el que intentaba ajustar su trayectoria según su nueva forma de pensar felina, se vio arrojado al suelo repentinamente con inusitada violencia. No pudo hacer más que oír cómo su caballo caía también, víctima de un potente golpe que le rompía las costillas, desgarrándole la carne. Iván contuvo un grito: el Tigre acababa de saltarle encima. Oculto entre las altas hierbas, había estado esperando para matarlo, cansado de tenerlo a su espalda. Iván, tendido en el suelo, con la pata derecha sobre su cuello, estaba demasiado aterrado como para dejarse llevar por el pánico. Veía una de las garras sobre su nuez y ni siquiera se atrevía a tragar por miedo a que ese movimiento le produjera un tajo en la garganta. Su fusil había sido solo una protección ilusoria. No supo con exactitud cuánto tiempo se miraron fijamente el animal y él. Quizás un minuto. Quizás una hora. Entonces el Tigre, con un bufido amenazante, soltó su presa y salió corriendo. No se internó en el bosque para esconderse, sino que se lanzó a través de una vasta llanura. Iván se levantó y miró largo tiempo el resplandor naranja, que galopaba con una majestuosidad fuera de lo común. Se secó la frente con el dorso de la manga, temblando a la vez de miedo y de cólera. El felino le había dejado con vida y, más que un gesto magnánimo, Iván lo consideraba una afrenta personal. En su cabeza resonaban aún las palabras del anciano que había conocido en la procesión vengativa: «El Tigre solo ataca a los débiles», le había dicho. Lanzándose sobre él sin matarlo, el animal lo ridiculizaba. Se reía de su larga búsqueda, se burlaba de su estrategia. Lo consideraba más insignificante que los niños y las cabras que había degollado hasta entonces, negándose a matarlo. Iván apretó los puños con rabia: así que era un débil, un inútil. Un condenado a vivir por voluntad del Tigre, que hubiera debido convertirle en príncipe. Levovitch, contrariado, se derrumbó sobre la hierba con los ojos llenos de lágrimas. Todo ese tiempo buscando al Tigre, y nunca conseguiría cazarlo. No era más que un miserable pretencioso, se había sobrestimado. Estaba exhausto, física, psíquica y moralmente. No se sentía con valor suficiente para volver a San Petersburgo y enfrentarse a los suyos. No se sentía con valor para regresar al taller de su padre y permanecer preso de su condición de hombre modesto. Al frotar la hierba con la mano, topó con su fusil. Con gesto decidido, lo agarró y, dirigiendo la vista hacia las inmaculadas nubes del cielo, hundió el cañón en su boca. Cerró los ojos, y reunió toda su concentración hasta que una sensación desagradable le perturbó. Sentía un líquido cálido y pegajoso gotear sobre su cráneo y penetrar en el cuero cabelludo. Al llevarse la mano a la cabeza, constató que era sangre. Soltando el arma, se levantó de un salto, asustado y asqueado, y vio el cadáver de su caballo con la garganta desgarrada, desangrándose. Se había olvidado por completo de su brava montura, tan fiel durante toda la búsqueda. El Tigre la había degollado en el ataque. Había matado al caballo y dejado a Iván con vida: aquello era excesivo. El joven se levantó, furioso, y disparó al aire con su fusil. Como una llamada a quien quisiese escucharla. Oteando la llanura por la que había desaparecido el felino se puso a gritar con todas sus fuerzas: «¡Morirás, Tigre! ¡Morirás! ¡Te mataré! ¡Te mataré! ¡Te mataré!».

Y, repitiendo incansable estas últimas palabras, se giró sobre sí mismo para que el viento llevase ese mensaje hasta el Tigre en todas direcciones. Estaba avisado.

◆

Tras aquellos bramidos de furia contra el Tigre, Iván perdió la noción del tiempo. Vagando por la taiga, sin recursos, caminó sin rumbo durante varias horas. Despavorido y desorientado, su único pensamiento era encontrar de nuevo al felino, sin darse cuenta de que si no hallaba un lugar donde pasar la noche, él mismo podría darse por perdido en breve.

Caía la noche y la luna ya estaba en lo alto del cielo cuando percibió la luz de una isba aislada. Golpeó la puerta y fue recibido por un campesino algo inocente llamado Tchevtchenko, su mujer y sus tres hijas. Iván no necesitó discutir demasiado para recibir hospitalidad: su estado de nervios y el ataque del Tigre le hubiesen abierto cualquier puerta. Recibió algo de comer y la mujer le propuso incluso explorarlo para asegurarse de que no tenía ninguna herida grave que no hubiese advertido. Tras declinar con amabilidad su oferta, preguntó simplemente dónde podría descansar, agotado por los acontecimientos.

El campesino le preparó un lecho en una gran habitación común en la que dormía toda la familia, e Iván se acurrucó sobre su somero colchón de paja y cerró los ojos, contento de poder, aunque fuese por una noche, olvidar sus desgracias. Pero, mientras todos roncaban, no lograba conciliar el sueño. No podía evitar pensar en ese Tigre. Quería verlo muerto, quería despedazarlo y hacerse una capa con su piel. Quería hundirse en una bañera llena de oro, cómodamente instalado en San Petersburgo, lejos de aquella maldita Siberia. El insomnio le obligó a centrarse en su búsqueda: ahora que se sabía cerca del Tigre, ¿cómo enfrentarse a él? Ir en su busca y captura como había hecho hasta entonces no servía de nada. Ya lo había visto hoy. Debía, pues, utilizar la astucia, ser más hábil y artero que su presa. Debía idear una estratagema. Pensó largo tiempo y esbozó diversos planes de acción sin demasiada convicción y, de pronto, dibujó una gran sonrisa: tenía una idea.

Aquella noche, Iván durmió el sueño de los justos, feliz de haber encontrado el camino para llevar el despojo ante el Zar. Durmió tan profundamente que no sintió el sol de la mañana azotarle el rostro, ni oyó levantarse a la familia de Tchevtchenko. Fue este último quien interrumpió su sueño a media mañana, inquieto al ver que el joven no se despertaba. En un principio pensó que estaba muerto, aunque podía oír claramente su respiración. Quiso comprobarlo sacudiéndolo sin contemplaciones y por fin se quedó tranquilo al verle abrir los ojos.

—¿Cómo te sientes? —inquirió el campesino.

Iván no respondió a la pregunta, demasiado impaciente por poner su plan en marcha.

—¿Eres rico? —preguntó contemplando el interior miserable de la casa y los desgarrados harapos que vestía su anfitrión.

—Claro que no... —respondió Tchevtchenko con su aire atónito e inocente.

—¿Quieres ser increíblemente rico?

—Claro que sí...

Los ojos del campesino revelaban su total incomprensión. Iván le confió entonces sus intenciones:

—Si tú y tu familia me ayudáis a matar al Tigre, os daré la mitad de la recompensa...

—¿Cómo podríamos ayudarte?

—El Tigre solo ataca a las personas indefensas. ¡Vais a servir de cebo!

En un primer momento, la idea aterró a Tchevt-chenko. Después, las hábiles palabras de Iván terminaron por convencerle. La mitad del peso del Tigre en monedas de oro era un argumento nada despreciable. Aquello bastaría para sacar a la familia de la miseria para siempre. Y además, el plan que había ideado Iván parecía eficaz y seguro: al caer la noche, Tchevtchenko y su familia se instalarían en la pradera, al lado de su casa, encenderían un pequeño fuego de campamento y simularían aprovechar las primeras noches suaves de la primavera. A unos veinte metros de ellos, escondido tras una ventana del viejo granero de madera, Iván esperaría pacientemente al Tigre. Al estar la familia en un claro, era imposible que le pillara por sorpresa. A la luz del fuego, el joven podría ver cómo se acercaba la fiera con antelación y abatirla antes de que tuviese tiempo de atacar a la familia.

Iván estaba particularmente orgulloso de su plan, y esperó impaciente la llegada de la noche. Cuando juzgó que era el momento propicio, hizo una seña al campesino para que se colocase y subió al granero. Se tumbó y sacó el cañón a través del cristal roto del tragaluz. Cerrando un ojo para apuntar mejor, vigiló el perímetro donde se había situado la familia. El Tigre no podría escapársele. Miró divertido a las cinco personas tumbarse en la hierba y cantar sin ganas alrededor del fuego que acababa de encender Tchevtchenko. Estaban petrificados por el miedo, pero la recompensa era demasiado grande como para ignorarla. Por fin podrían comer hasta hartarse, dormir entre sábanas de seda y llevar vestidos nuevos cada semana.

Desde su puesto de guardia, Iván esperó incansable la llegada del Tigre. Pero no vino. El cazador experimentó primero una larga fase de excitación, sobresaltándose a la vista de un ratón y, más tarde, de un zorro. Después empezó a aburrirse y se imaginó lo peor: la fiera podría no venir.

Esperó hasta el alba. Al ver cómo la familia dormitaba sobre la hierba húmeda, él también se durmió unos instantes. Y cuando el sol se levantó, renunció.

Tchevtchenko seguía temblando de miedo cuando Iván descendió de su puesto.

—¡Es demasiado angustioso! —dijo—. ¡No lo volveremos a hacer!

—Intentémoslo de nuevo esta noche —suplicó el joven—. ¿No quieres convertirte en un hombre rico?

Una vez más, esas palabras acabaron convenciendo al campesino. Y, llegada la noche, la familia volvió a colocarse en el prado, e Iván en el granero.

Esa noche, un cielo de tinta sembrado de estrellas como diamantes envolvía Siberia alumbrando sus tierras. Con el corazón en un puño, Iván no tuvo que esperar mucho tiempo: bajo el reflejo de la luna apareció la piel rayada del Tigre. Era la bestia, la reconocía. Estaba a unos veinte metros de la familia, invisible, fundiéndose en el paisaje.

Mientras ajustaba el objetivo, Iván puso un dedo en el gatillo: el Tigre estaba a su merced.

Sin embargo, no disparó. No había hecho tanto esfuerzo para quedarse solo con la mitad de la recompensa. El sacrificio de esos mujiks no sería una gran pérdida. Así que, a través del visor de su arma, vio al Tigre deslizarse sin ruido hasta la familia. El animal se quedó quieto un instante a tres metros de ellos, y saltó de repente lanzando un bufido terrible. Abriendo sus enormes fauces y agitando sus garras como sables, masacró al infeliz Tchevtchenko, a su mujer y a sus tres hijas. Iván observó los cuerpos romperse, la piel desgarrarse y la sangre extenderse sobre la hierba. Solo en ese momento abrió fuego.

Con una deflagración ensordecedora, amplificada por el granero vacío que actuaba de caja de resonancia, una primera bala alcanzó al Tigre en el pecho. Iván volvió a cargar con rapidez y disparó de nuevo, impactando al felino en el mismo sitio. A pesar de sus heridas, el animal huyó a toda velocidad y desapareció en la noche. Iván bajó en tromba del altillo y se precipitó por la pradera. Sin hacer caso alguno de los cadáveres que yacían en el suelo, localizó inmediatamente el rastro de sangre que había dejado el Tigre y lo siguió. La noche le impedía distinguir con claridad el hilo rojo pero, corriendo como un enajenado a través de las hierbas altas, consiguió dar alcance al Tigre, que avanzaba dolorosamente. Temiendo que el animal se volviese contra él, Iván guardó la distancia y volvió a disparar dos veces más.

Ignoraba si había dado o no en el blanco, pero pronto vio al Tigre derrumbarse entre la maleza. Al tiempo que lanzaba un grito de victoria, el joven se acercó con prudencia, sosteniendo febrilmente su fusil. Pero cuando ya creía que había atrapado al Tigre, este saltó a su espalda y lo tiró al suelo. El fusil voló hasta un matorral y, de un zarpazo lleno de rabia, la fiera desgarró el abdomen de Iván, que dejó escapar un aullido de dolor. Su sangre se mezclaba con la del Tigre, el aire fresco de la primavera se colaba por su herida abierta y le lamía las entrañas. Un instante más tarde sintió que su brazo derecho se desencajaba y se le partían los huesos: de pie ante él, el felino acababa de cerrar sus fauces sobre su hombro. Haciendo